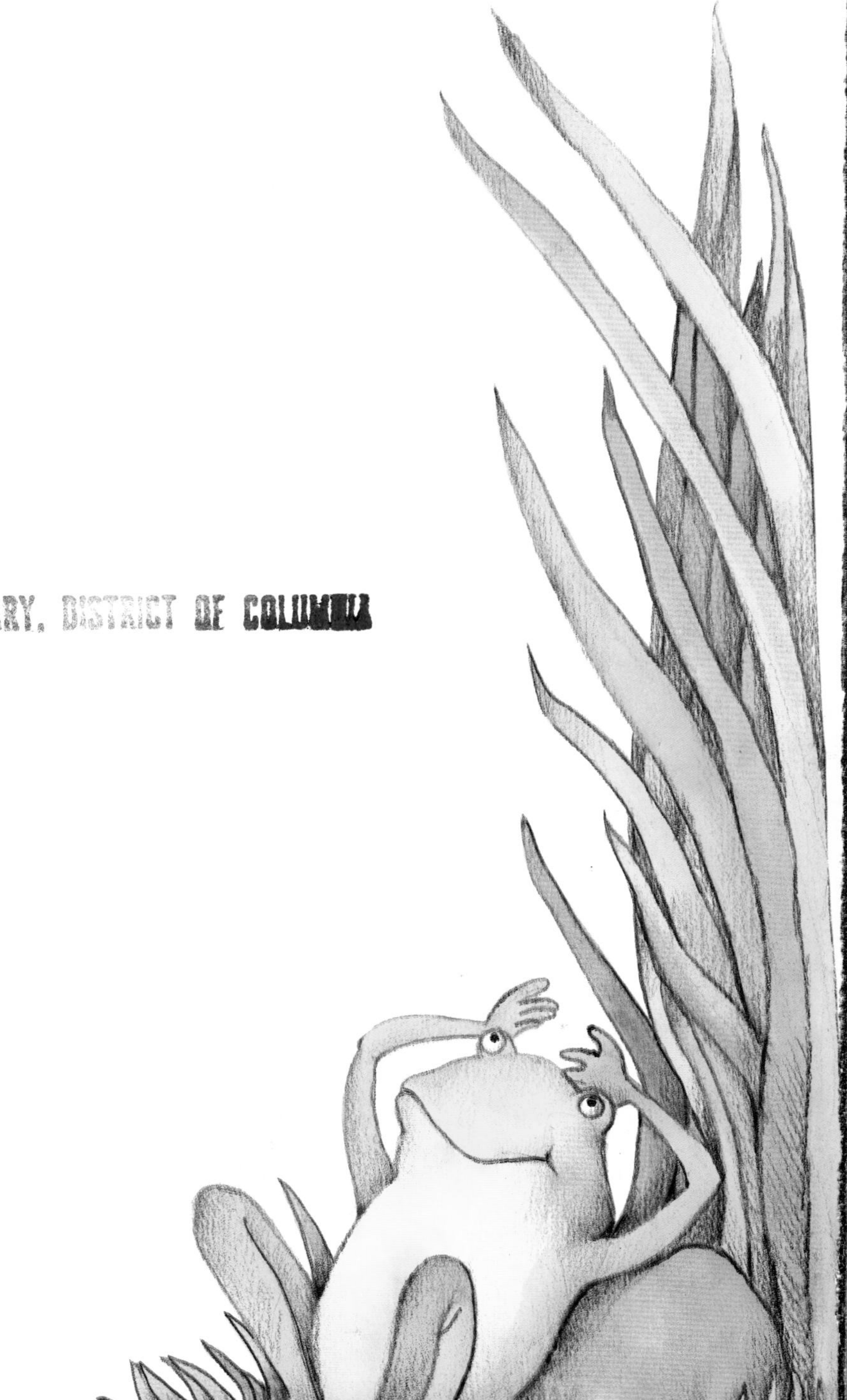

Rana
Ranita

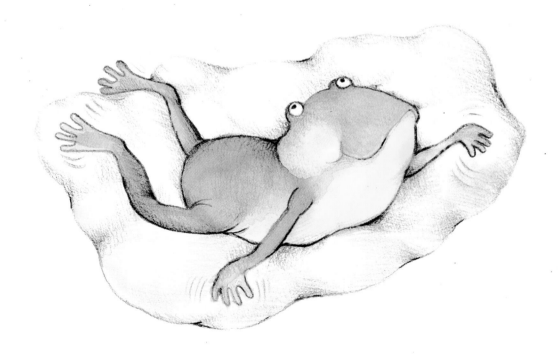

Colección dirigida por Raquel López Varela

PRIMERA EDICIÓN, cuarta reimpresión, 1997

© Hilda Perera y
EDITORIAL EVEREST, S. A.
Carretera León-La Coruña, km 5 - LEÓN
ISBN: 84-241-3330-7
Depósito legal: LE. 61-1991
Printed in Spain - Impreso en España

EDITORIAL EVERGRÁFICAS, S. A.
Carretera León-La Coruña, km 5
LEÓN (España)

EDITORIAL EVEREST, S. A.

**Madrid • León • Barcelona • Sevilla • Granada • Valencia
Zaragoza • Las Palmas de Gran Canaria • La Coruña
Palma de Mallorca • Alicante • México • Lisboa**

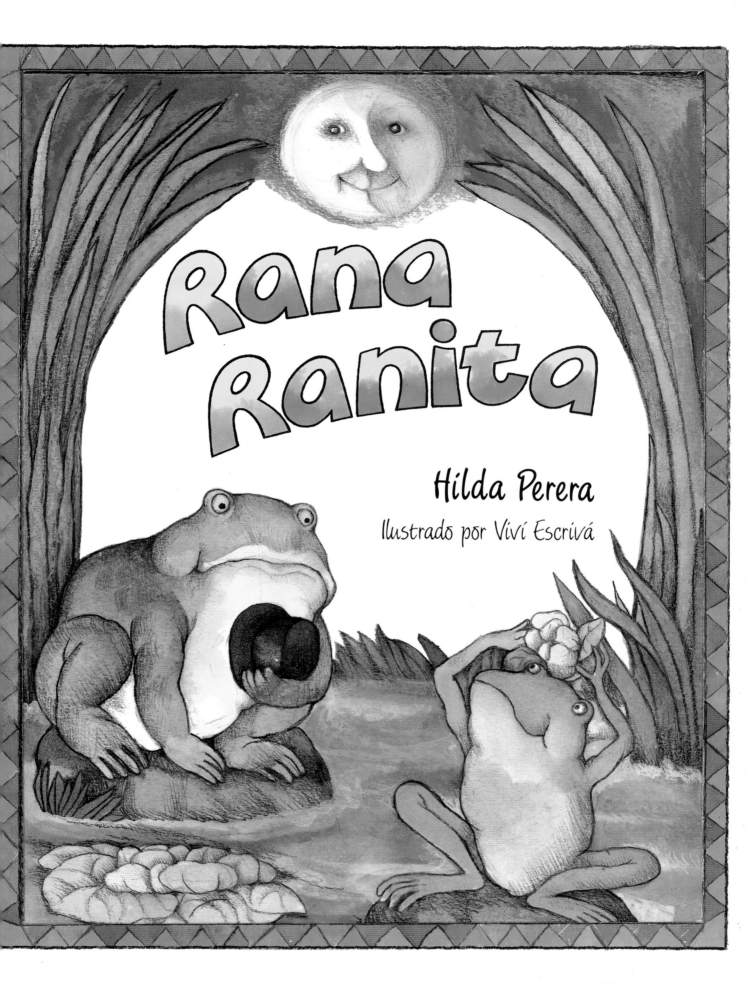

Rana Ranita

Hilda Perera

Ilustrado por Viví Escrivá

El sapo le cantó a la rana:
—Rana ranita,
carirredonda y ojifeíta,
para mí eres bonita...
¿Te quieres casar conmigo?

Dijo la rana:

—Ay, no, señor sapo; usted es muy bueno, y muy verde, pero yo he decidido ser rana sólo un tiempito, y no me puedo casar con usted.

—Pero ranita, si eres rana, ¡eres rana para siempre! —protestó el sapo.

—No señor, ¡qué va! Todo está en que uno
se decida. Además, yo quiero que usted
sepa que, antes de ser rana, yo fui un hue-
vito blanco. Luego, me salió cola y fui pece-
cito. Después me hice rana. Pero no me
gusta nada y pienso cambiar otra vez. ¡No
me voy a pasar la vida verde, con los ojos
saltones y brincando de charco en charco!

—¿Y qué piensas ser? —preguntó entonces el sapo
—Pues perro, o gato, o caballo o conejito; todavía no sé.
—Ranita, para caballo eres muy verde; para gato, no
maúllas; para perro, te falta pelo, y para conejito,
no tienes ni pizca de oreja.

—Vaya, señor sapo, ¡no sea usted pesado! Ya veré qué me hago. Búsquese usted una rana que le guste ser rana, y déjeme en paz.
El sapo dio un gran salto verde y se metió en el agua, triste.

La ranita se quedó en la hierba,
pensando:
«¿Qué seré, qué no seré?»
En esto vino un pájaro azul y blanco,
un azulejo, y se posó a su lado.

«¡Qué pájaro más lindo!», pensó la
ranita. Y le preguntó:
—Señor azulejo, ¿es muy difícil ser
pájaro?
—Facilísimo —dijo el pájaro—. Facilísimo.
—¿Y volar?
—¡Volar! ¿No me ves? ¡Si el aire me lleva!

—¿Y tener plumas azules?
—¡Más fácil todavía! ¡Te salen solas!
—¿Y piar?
—Nada: abres la boca, miras el campo, te sientes feliz y pías. Eso es todo. Ya luego, con la práctica, trinas. Eso sí, tienes que sentirte feliz.

La ranita se dijo:
«Si salto, seguro que puedo volar. Si vuelo,
me sentiré feliz y piaré.
Y si las plumas me salen solas...,
¡puedo ser pájaro!».

—Señor azulejo, ¡he decidido ser pájaro!

—Me parece bien —dijo el pájaro—. Es más fácil que ser rana.

—¿Y no importa que sea tan fea? —insistió la ranita.

—No, por Dios. Ven; sube a mi nido. Ya verás mis hijos.

La ranita subió detrás del azulejo, saltando.

—Míralos. ¡Míralos! —exclamó el azulejo.
Rana ranita vio a cuatro pichones morados, feísimos,
pelones, que no hacían más que chillar.
—¡Ay, si tienen la boca más grande
que la mía! —dijo ranita muy con-
tenta—. ¡Si son más feos
que yo! ¡Ay, usted
perdone, señor azulejo!

—No, si estamos de acuerdo. Son feísimos. Pero crecen y se convierten en hermosísimos pájaros azules. Por eso a ti, que no eres tan fea y que ya sabes saltar, te hago yo azulejo en menos que canta un gallo. Mira, te quedas a vivir aquí en la rama. Yo te enseño a volar. Luego, te salen las plumas y serás el azulejo más lindo del mundo. Te lo prometo. «¡Qué maravilla!», pensó ranita. «¡Voy a ser azulejo!».

El sapo, que había oído todo, volvió a cantarle:

—Rana, ranita,

   carirredonda y ojifeíta,

    para mí eres bonita...

     ¿Te quieres casar conmigo?

      —¡Ni me hable, señor sapo! ¡Olvídeme, que voy a ser azulejo!

       —¿Tú crees?

        —Claro que creo. Ya me verá usted en unos días volando.

         —¿Una rana volando? ¡Uhm! —dijo el sapo, con desconfianza.

          —Pues sí señor. Si ya fui pececito y aprendí a nadar, ahora que me cansé de ser rana, puedo ser azulejo.

           —Bueno, ranita, adiós y buena suerte, porque yo sigo sapo.

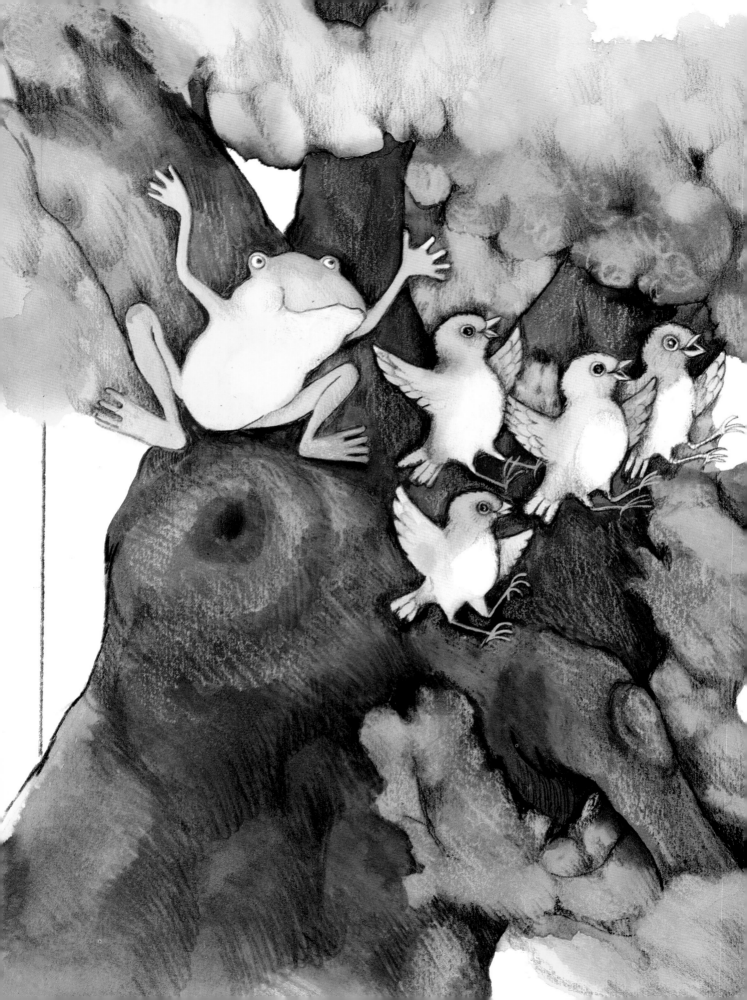

Pasaron los días.
Todas las mañanas el
azulejo enseñaba a sus pichones.

—¡A ver, salten!

Y los pichones saltaban.

—A ver, ¡trinen!

Y los pichones trinaban.

Rana ranita ponía mucha atención y trataba de imitarles con
toda su alma.

—A ver, Ranita, ¡salta! —le decía el azulejo.

Rana ranita saltaba cada vez mejor y más alto.

—Bien, bien. Ahora, enseguida volarás.
—A ver, ¡trina! Mira el cielo y las flores y ¡trina!
Ranita tomaba aire, miraba el cielo y las flores y
se sentía felicísima, pero abría la boca y:
—¡Croac, croac!
—No le salía otra cosa.
—Es que estás ronca, ranita. Ahorita se te pasa —decía
el azulejo.

—¿Y las plumas? —preguntaba ranita, viendo que ya las tenían todos los azulejos.

—Nada. Nada. Pronto te saldrán. A algunos pajaritos les tardan más que a otros.

Al fin, los cuatro pichones feos eran cuatro señores azulejos lindísimos. Había llegado la hora de dejar el nido. Pero Rana ranita seguía tan rana como siempre.

El azulejo padre dijo:

—Mira ranita, yo no he fallado nunca. A ti te hago yo azulejo de todos modos. Te agarraremos entre todos, te llevaremos bien, bien alto, y cuando estemos casi llegando al cielo...

—Cuando estemos llegando al cielo, ¿qué hago?

—Nada; tú tranquila. ¡Que te vas rana y volverás azulejo!

Agarraron los azulejos a Rana ranita y, volando, la subieron muy alto.

Ya se veía abajo el patio chiquito, los árboles muy, muy lejos, y las nubes muy cerca.

—¡Ahora! —dijo el azulejo padre—. ¡Vamos, ranita, vuela y trina! ¡Trina y vuela!

Rana ranita dio un gran salto y no oyó el resto, porque se iba cayendo, cayendo, cayendo por el aire abájo.

¡Paf! Suerte que cayó en la hierba; si no, se mata.

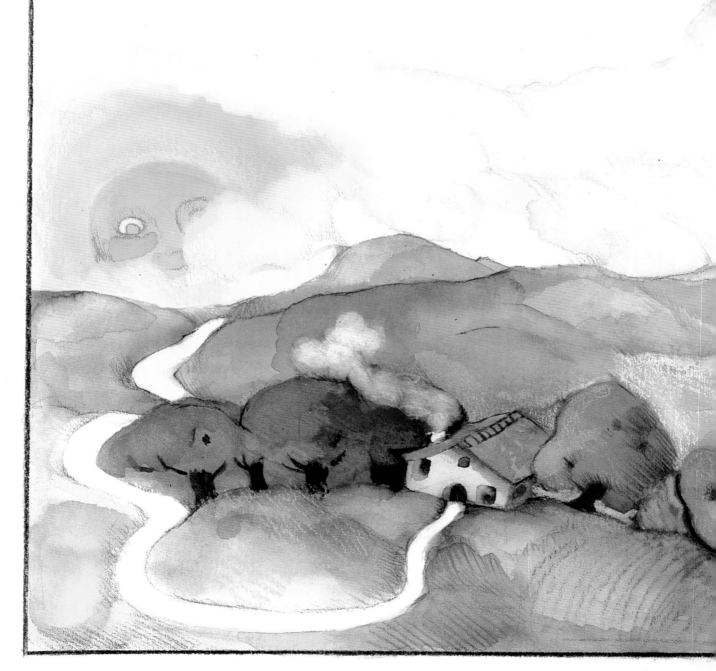

Abrió un ojo. Abrió el otro, y entonces oyó al sapo bueno que le cantaba como siempre:

—Rana ranita,
carirredonda y ojifeíta,
para mí eres bonita...
¿Te quieres casar conmigo?

Rana ranita dijo que sí y prometió ser rana para siempre.